AF232889

IDYLLES

NOUVELLES.

A BRUXELLES,

M. DCC. LXI.

3

AVERTISSEMENT.

LE deffein de l'Auteur de ces
Idylles, en les faifant, ne fut
pas de les rendre publiques. Il avoit
jetté fur le papier les idées & les
fentimens que le fpectacle des objets
naturels avoit fait naître dans lui en
différentes rencontres. Il les commu-
niqua à quelques amis de goût, en-
tre lefquels il y avoit des connoif-
feurs refpectables à tous égards. Un
de ces illuftres Littérateurs, revêtu
de la Pourpre Romaine, à qui l'on
avoit envoyé une Copie manufcrite
de la première de ces Idylles, *la vie
Champêtre*, furprit fort l'Auteur, en
la lui renvoyant, imprimée en Italie,
avec ces vers Italiens faits fur cette
Idylle, & adreffés à fon Eminence :

Quel Dafni, a cui col puro aer fereno
  Ogni agrefte piacer da cure fciolto,
  E 'l dolce fufurrar di rivo ameno,

Dè vaghi augelli il canto, e' l lieto volto
    Della nova stagion verde fiorita,
    Tosto in amaro il bel gioire an volto:
Se in questa parte di passar sua vita
    Scelto avesse, ù alla Dea di biade
        altrice,
    Di concorde voler Pallade unita,
Tra l'erbe, e i fior ponendo la radice,
    L'altere mura * à Eustachio sacre
        eresse,
    Onde obbliar le sue antiche a lei lice:
Non avria' l cor per doppie voglie im-
        presse
    Diviso, tal ch'a suoi piacer silvestri
    Mancar le pompe, il fasto si dolesse
Delle città. E te spesso ne' campestri
    Agi aver parte, alto Signor, scor-
        gendo,
    Meglio per te que per sottil maestri
A parte a parte egli verrìa scoprendo,
    Come a un cor sia vero piacer solo,
    Non da se lunge andare ognor fug-
        gendo;
Anzi degli alti propri sensi a volo
    Seguir la scorta, che più lontan sem-
        pre
    Lui ne discostan dal più basso suolo:
E or delle Muse alle armoniche tempre,
    Ora in se le bell'opre di natura,

* *Maison de Campagne de Son Emin.*

Or quelle ,, ove l'ingegno uman ſi
    ſtempre,
Preſenti avendo, far ſua dolce cura.

Malgré cela, l'Auteur réſiſtoit toujours à ſes amis, qui le preſſoient de mettre lui-même au jour cette Piéce, avec les ſuivantes, & qui lui alléguoient les inconvéniens, ſi ſouvent étalés, d'être imprimé par autrui. Le principal motif de ſa répugnance étoit que ces Idylles expriment un peu d'amour, quoique de la maniére la plus honnête.

On lui fit enfin comprendre, ce que le Lecteur le plus ſévére avoüira ſans difficulté, que c'étoit là un vain ſcrupule ; qu'il n'y avoit rien dans toute la naïveté de ces Piéces, qui bien loin de flétrir, n'honorât au contraire ſa premiére jeuneſſe, & ne fit autant l'éloge de ſes mœurs, que de la ſenſibilité de ſon cœur ; qu'il n'y avoit rien, qu'un âge mûr, & que l'état le plus grave dûſſent déſavoüer ; que ce ſeroit même un exemple, plus capable

que bien des déclamations ; de
faire sentir qu'on peut plaire , &
réveiller la tendresse , sans soüil-
ler le papier , & sans allarmer la
pudeur la plus délicate.

IDYLLE I.

LA VIE

CHAMPÊTRE.

Libre des vains Désirs & des Soucis rongeurs,
Qu'après soi du grand monde entraîne le tu-
    multe,
    Je n'appréhende plus l'insulte
Des folâtres Amours, ni des Dépits vengeurs.
    Je joüis enfin de moi-même ;
    Et sans user de stratageme,
Je fuis, dès qu'il me plaît, un visage ennuyeux.
Nulle importune voix n'étourdit mes oreilles.
De cet abri champêtre admirant les merveilles,
Tantôt au pié d'un Orme, élevé jusqu'aux Cieux,
Tantôt à la fraîcheur d'un Roc officieux,
    Fait pour les douces réveries ;
J'entends le bruit flateur des Ruisseaux argentés,
    Qui du sommet précipités,

En cent Canaux divers parcourent les Prairies ,
Pour en voir tour à tour les nombreuſes beautés.
Milles jeunes Oiſeaux mêlent à ce murmure
Les accords des tendres chanſons
Que leur enſeigne la Nature ;
Ou de leur ſymphonie interrompant les ſons ,
Tempérent dans les bains les flammes renaiſſantes
Qu'allument dans leurs cœurs leurs amours inno-
centes.
Solitaires vallons , ſombre & ſacré ſéjour
Contre l'orguëil & la licence !
Qu'on eſt libre en ces lieux, où régne l'innocence !
Qu'on y brave aiſément l'Amour !
Je puis ſans péril & ſans gêne,
Me faire un doux amuſement
De graver des Amours l'image ſur le frêne.
L'Arbre croîtra : prenez le même accroiſſement ,
Amours. Je puis impunément
Egayer mon eſprit dans ces travaux ſteriles.
Vos immobiles traits & vos lances fragiles ,
Victorieuſes ſeulement
De femmes ſans courage , on d'enfans inutiles ,
Ne triompheront pas de mes ſens indociles.

C'eſt ainſi qu'enchanté du ruſtique ſéjour ,
Daphnis vantoit le premier jour,
Les douceurs de la ſolitude.
Mais qu'envain ſous de nouveaux Cieux ,
On ſe flatte d'atteindre à la béatitude !
Vainement on change de lieux :
Partout l'on ſe porte ſoi-même ;

Et l'on traîne après soi, par un Arrêt suprême,
Les germes immortels de mille paſſions.
      Epuiſé de réflexions,
Daphnis ſent ſépuiſer le goût de la retraite,
Dont les charmes pour lui devoient être éternels;
Et déja dans ſon ame, inconſtante, diſtraite,
      Rompant ſes ſermens ſolemnels,
Il abjureroit Pan, tous les Dieux des Campagnes,
Les grottes, les ruiſſeaux, les forêts, les montagnes:
Et cédant au déſir de revoir la Cité,
      Si l'aveu de ſon imprudence
      Ne ſuſpendoit ſon inconſtance,
Il chercheroit bientôt ce qu'il avoit quitté.

      D'un phlegmatique auteur plaiſirs imaginaires,
Vallons frais, doux ruiſſeaux, ombrages ſolitaires,
Vous êtes plus charmans que la réalité.
Des plaines & des bois la naïve peinture
      Charme ſur tout dans la lecture:
      De la Nature les portraits
      Raviſſent par le choix des traits,
      Et plaiſent plus que la Nature.

      Jadis dans l'âge d'or, chez les premiers Humains,
      Nés ſans paſſions tyranniques,
Tous les Dieux familiers, les Nymphes, les
      Sylvains,
Donnoient mille agrémens aux aziles ruſtiques:
Nature, jeune encor, pleine d'attraits pour eux,
      Suffiſoit à les rendre heureux.
Mais troublés aujourd'hui par les ſombres penſées,

Les Ennuis dévorans, le Désir suborneur,
Qui poursuivent par-tout les ames abusées
Par l'orgueilleux espoir d'un stoïque bonheur ;
    Quelque facheux que soient les hommes,
Ils nous le sont bien moins que nous mêmes ne
      sommes,
quand l'instinct est en nous de la raison vainqueur.
Pour éviter l'ennui, le commode Système
    Est de se fuir soi-même,
Si l'on ne veut s'armer contre son propre cœur.

IDYLLE II.

L'AURORE.

Où suis-je? quel pompeux spectacle,
Toujours constant, toujours divers,
Frappe mes yeux à peine ouverts?
Chaque instant reproduit miracle sur miracle:
Des Portes d'Orient les ceintres argentés
Brillent des plus vives clartés.
Déja de leurs chaudes haleines
Ranimant leurs tendres concerts,
Les Zéphirs, en planant dans le vague des airs,
En ont tiédi les moites plaines.

Partez, Mere auguste du jour,
Ouvrez avec vos doigts de rose,
Ces Portiques brûlans du céleste séjour,
Qu'un torrent d'ambre pur arrose.
Elle s'avance : à son aspect,
Saisi d'amour, ou de respect,
Phébus affés long-tems captivant sa lumiére,
La laissé passer la premiére.
Tout rend hommage à ses appas :
Les Lys & l'Amarante éclatent sous ses pas.

Avant la brillante merveille,

Dans les bras de Morphée , image de la mort ;
    Tout croupiſſoit : tout ſe réveille ,
    Et tout exprime ſon tranſport.
Mille tendres oiſeaux , inviſibles , tranquilles ,
Célebrent ſon retour , ſous leurs touffus aziles.
Un vent délicieux ſifflant dans les rameaux ,
Agite mollement les Ifs & les Ormeaux.
    Zéphir , des beaux yeux qu'il adore ,
Reçoit les pleurs feconds , & les reporte à Flore ;
Et la Déeſſe au loin , ſur ſes ſujets naiſſans ,
    En verſe les flots bienfaiſans.

    Tout revit, tout ſe meut : les plaines verdoyantes,
Les humides vallons , les côtes rayonnantes,
Apparoiſſent de loin , couvertes de troupeaux ;
Et par-tout le travail a banni le repos.
Déja dans les Sillons qui nouriſſent la Ville ,
Le Bœuf traîne ſon ſoc, d'un pas lent & tranquille ;
Et le jeune Courſier déja dans les Vallons
Le diſpute en viteſſe aux légers Aquilons.

    Sur le côteau voiſin l'innocente Liſette
Réveille les Echos , au bruit de ſa chanſon ;
Et près d'elle , à la voix accordant ſa muſette ,
Thyrſis avec ſon chien qui dort ſur ſa houlette ,
Eſt mollement couché ſur le tendre gazon.
Il ſe leve : elle fuit ; mais ſa fuite , ou ſa feinte ,
    Comme ſans péril , eſt ſans crainte.
Elle ſouhaite au fond que le tendre Berger
    Courre du pas le plus léger.
Il l'atteint : un baiſer , contraint en apparence ,

Est le doux chatiment d'un peu de résistance.
Tels sont leurs plaisirs innocens,
De rudesse & d'afféterie,
D'impudence & de pruderie,
De remors & de gêne exemts.
Une ridicule Décence,
Fille de la Corruption,
Tyran de l'inclination,
N'étend pas sur eux sa puissance.
Croiroient-ils, dans ces jeux qui charment leurs
loisirs,
Qu'on leur dût imputer de coupables désirs?
Non, non : méconnoissant la maligne censure,
Leur aimable ingénuité,
Egalement touchante & pure,
En faisant leur bonheur, fait leur sécurité.

Le Ciel prend cependant des couleurs plus
vermeilles,
Les nuages sont peints de plus vives merveilles :
Leurs bords en feston cizelés,
Surpassent les brillans des plus riches crépines ;
Et par un doux feu distilés,
Epanchent sur l'azur les perles argentines.

Doux objets, vous durerez peu.
Hélas ! tout ce qui plaît, est de courte durée !
Déja dans la plaine azurée
L'ardent Phébus met tout en feu ;
Et par mille traits de lumiére,
De l'humide Horizon pénétrant la barriére ;

Il plonge dans les flots amers ;
A l'autre bout de l'Univers ,
Les Flambeaux de la nuit, dont les rayons funebres
Brilloient sans chasser les ténébres.
Rien n'amortit ces brûlantes splendeurs.
Les rayons échappés du sommet des montagnes ,
Sillonnent le sein des Campagnes.
Tout est flétri par ces âpres ardeurs.
Ce qui nous enchantoit, va nous mettre à la gêne :
Enfans infortunés de Peres criminels ,
Il n'est aucun plaisir , pour les tristes Mortels ,
Que d'un pas sûr & prompt ne poursuive la
peine.

IDYLLE III.

LES ZÉPHIRS.

Volages Citoyens des airs,
    Troupe inconstante & fugitive,
Ah! Zéphirs indiscrets, que mon ame craintive
    Tremble d'entendre vos concerts !

    Ainsi du fond obscur d'une grotte fleurie,
Iris laissant errer ses regards ingénus
Sur l'émail ondoyant de la verte Prairie,
Exprime les transports, jusque-là peu connus,
    D'une inquiéte réverie.

    Fuyez, poursuit-elle, Zéphirs;
    Contente de mon indolence,
Et faisant mon bonheur de mon indifférence,
Je ne veux point apprendre à former des soupirs.
Pour Pomone aujourd'hui vous abandonnez Flore;
A Pomone demain vous coûterez des pleurs :
Des Jardins d'Hespérie aux climats de l'Aurore,
    Vous voltigez de fleurs en fleurs;
Et vous portez par-tout vos soupirs, vos caresses,
    Et non de sincéres tendresses :
L'attachement sincére, & les tendres ardeurs,
Jamais des inconstans n'embrasérent les cœurs.

Volez donc, fuyez vîte, abandonnez ces plaines:
Je crains vos flateuſes haleines ;
Et vos dons me ſont onéreux.
Ceſſez de folâtrer ſous ces rameaux heureux,
Et de mêler les ſons de votre voix plaintive
Au murmure enchanteur de cette eau fugitive.
Ah ! volages Zéphirs, de qui vous plaignez-vous ?
Emus d'un plus juſte courroux,
Et que dans le ſilence il faut pourtant contraindre,
Que d'objets malheureux auroient droit de ſe
plaindre !

C'eſt ainſi que l'injuſte Iris,
Epargnant de ſes maux les auteurs véritables ;
Ne payoit que par ſes mépris,
Les faveurs des Zéphirs qu'elle en rendoit comp-
tables.
Toujours ceux-ci s'envoloient,
Sans écouter ſes paroles,
Qui dans l'air en ſons frivoles
Plus vîte encor s'exhaloient.
Mais s'ils euſſent voulu répondre,
Qu'à bien plus juſte titre ils pouvoient la confon-
dre !

Ces cœurs fiers, ces grands cœurs qui par tant
de ſerment,
Contractent tous les jours de vains engagemens,
Et qui vantent tant leur parole,
Peuvent-ils accuſer le Zéphire frivole ?
Ni moins légers que lui, ni moins capricieux,
Leur procédé perfide eſt bien plus odieux.

Sous

Sous les signes menteurs d'une amitié sincére,
 Ennemi déclaré du faux,
 Jamais de son humeur légere,
Zéphire ne tenta de cacher les défauts.
Que d'une fleur à l'autre il porte ses tendresses;
Qu'il folâtre en cent lieux , du matin jusqu'au
 soir :
 Les soins, les mortelles tristesses,
Les Soupçons, les Dépits, le cruel Désespoir,
N'empoisonnent jamais ses frivoles caresses.

IDYLLE IV.

TIMANTE.

Timante avoit quitté ses premiers pâturages,
Qui ne lui traçoient plus que de tristes images.
Il couloit ces beaux ans, où germent les désirs.
Son cœur paroissoit tendre, & fait pour les plaisirs.
Toute-fois les plus noirs ombrages,
Les antres écartés, les monts les plus affreux,
Etoient les retraites sauvages
De ses ennuis constans, non moins que doulou-
reux.

Là croyant être seul, pour soulager sa peine,
Il répétoit souvent le nom de Célimene.
Souvent il poussoit des sanglots,
Que les sombres Forêts, ainsi que les Echos,
A ces sons touchans attendriés,
Portoient dans tous les coins de ces vastes prai-
ries.
Sur l'antique Cyprez, sur les jeunes ormeaux,
D'une main que guidoit l'amour & la tristesse,
Le long des chemins, des ruisseaux,
En tous lieux il gravoit le nom de sa Maîtresse.
Quelque-fois du sommet d'un Roc audacieux,

Qui du milieu des bois s'élevoit jusqu'aux cieux ;
Jouet de sa douleur fatale,
Il tournoit ses regards vers sa terre natale :
Mais rapellant d'abord le cours de ses malheurs,
On lui voyoit baisser des yeux noyés de pleurs.
Les vieux Pasteurs, & les Bergeres,
Au cœur tendre & compatissant,
Avec amitié s'efforçant
De lui faire adopter ces rives étrangeres,
Où tout étoit calme & serein,
Demandoient la raison de son morne chagrin.
Si souvent conjuré de conter son histoire,
Un jour il confia ces faits à leur mémoire.

Je naquis, leur dit-il, dans un hameau fameux
Par l'esprit & les mœurs de ses Bergers heureux.
Bisarrement construit sur un côteau rapide,
L'air pur que l'on respire en ce lieu temperé,
Ni trop ardent, ni trop humide,
Est l'air même du Mont, aux Muses consacré ;
Où tel qu'au climat éthéré,
Dans tous ses habitans, libres des goûts funestes,
Verse la douce humeur des Citoyens célestes.
Sur la pente opposée aux froids de l'Aquilon,
Des sommets du côteau jusqu'au sein du vallon,
On voit un long amas d'édifices champêtres,
Où regne la simplicité :
Séjour convenable à des maîtres,
Nés dans la médiocrité,
Loin du faste & de l'indigence ;
Etat si préférable à la vaine opulence.

Les deux flancs du mont efcarpé,
En amphithéatres coupé,
Préfentent d'éternels ombrages,
Diftribués fans art en amufans étages.
A travers les tréfors de la blonde Cérès,
Sur la cîme de la montagne,
Une vafte & riche campagne
Conduit en de fombres forêts.

Mais hélas ! pourquoi peindre avec tant de juftefle
Ces lieux perdus pour moi, fources de ma triftefle?
D'où vient que la nature, à mes fens attendris,
Refufa la fierté ftoïque,
L'orguëil, ou le phlegme héroïque
De ces Sages, pleins de mépris
Pour toute la machine ronde,
Malgré le nom pompeux de Citoyens du monde.

Quels vœux forme-je ? ô Ciel ! à cette dureté
Préférons pour toujours ma fenfibilité.
Lieux facrés de mon origine,
O ma douce Patrie, ô Mont chéri des Cieux ;
Suivant l'impreffion divine,
De tout ce qui refpire inftinct religieux,
Au moins des montagnes lointaines,
Dominant les plus vaftes plaines,
Et portant vers l'Aurore un œil refpectueux,
Souvent je faluerai ton front majeftueux.

Doux ruiffeaux, vallons frais, routes calmes
& fombres,

Où j'ai puiſé le goût d'un prétieux repos ;
    Bois, prés, délicieuſes ombres,
    Où les tendres voix des Echos,
Sur le ſoir, du milieu des épaiſſes bruyeres,
En répétant les ſons de mon doux chalumeau,
    Ont auſſi redit les premiéres,
Le nom de mon amie, & de notre hameau ;
    Lieux embellis par la nature,
De ma Bergere, hélas ! que la ſimple parure
    Vous procuroit d'autres appas,
Quand les Deſtins jaloux ne nous ſéparoient pas!
    Quelle puiſſance ſur-humaine
Joüe ainſi des Mortels l'aveugle & foible cœur ?
Une pente invincible, un aſcendant vainqueur.
    M'aſſerviſſoit à Célimene,
    Avant l'âge de diſcerner
Ce qu'on doit refuſer, & ce qu'on peut donner.

    Combien de fois unis, dans la premiére enfance,
    Sans intérêt, ſans défiance,
Nos pas ont-ils foulé l'herbe de nos gazons,
    L'Email de ces gorges fleuries,
    Le tapis frais de nos Prairies,
Formé d'un vert naiſſant en toutes les ſaiſons ;
Coupé par un ruiſſeau taciturne & tranquille,
    Dont le calme myſtérieux
    Sembloit reſpecter cet azile
Du plus petit, & du plus fort des Dieux !
    Combien de fois dans le jeune âge,
Avons-nous parcouru ce rapide bocage,
Sur des Monts eſcarpés ces Boſquets ſuſpendus ;

Qui portoient jusqu'au sein de l'obscure vallée,
De leur verdure entremêlée,
L'ombrage & la fraîcheur unis & confondus !
Nous coulions ainsi nos années,
Qui ne nous paroissoient que de courtes journées;
Et nos tendres penchans, formés sans notre choix,
Croissoient sans attendre de loix.
Nos Moutons paroissoient connoître,
Et vouloient imiter les ardeurs de leur maître :
Toujours ils se cherchoient;& dans les deux trou-
peaux,
Des Pasteurs fidéles tableaux,
On remarquoit la même flamme;
Ainsi qu'en nos deux corps respiroit la même ame.

Nos jeux étoient communs, ainsi que nos tra-
vaux :
Quelque fois à nos chiens confiant nos chevreaux,
Et dans les taillis, loin des routes,
Cachés sous des rameaux distribués en voutes,
Près d'un Hêtre couvert de saules glutineux,
Par les cris simulés de l'Oiseau ténébreux,
Des Merles excitant l'impuissante colére
Contre leur ennemi cruel,
Vainement effrayés d'un risque imaginaire,
Nous les faisions tomber dans un piége réel.
Ainsi dans l'aimable jeunesse,
Se diversifioit la plus vive tendresse.
Hélas ! nous ignorions alors,
Quel titre convenoit à ces premiers transports.
Étoient-ce de l'Amour les sympathiques flammes?

Etoit-ce l'amitié, qui régnoit fur nos ames ?
C'étoit de l'amitié la plus pure candeur,
Et du terrible Amour la tyrannique ardeur.

Dieux épris d'une injufte haine,
Pourquoi dans un courroux, trop promt, & trop
puiffant,
Voulutes-vous rompre une chaîne,
Qui n'avoit rien que d'innocent ?
Toi, Diane, Juge féveré,
Prononce : échappa-t'il à mon feu téméraire,
Un mot digne de ta fureur,
Et qui de ton cortege allarmât la pudeur ?
De l'objet dé mes vœux l'oreille refpectable
Etoit pour moi plus redoutable.

Quelquefois en l'ornant des fleurs de nos val-
lons ;
Votre teint, lui difois-je, aimable Célimene ;
Autant que les Zéphirs cédent aux Aquilons,
Autant que l'Arboifier cede au fuperbe Chêne,
Surpaffe autant l'éclat des fleurs de cette Plaine.
Quelquefois en prenant le frais,
Au bord d'un clair ruiffeau, l'ame de nos forêts,
Et l'innocent miroir des traits de mon Amante,
Soudain je m'écriois : Fontaine raviffante,
Source de ce cryftal, mobile & radieux,
Où tout ce qui me plaît, fe retrace à mes yeux !
Diftante également de l'auftére rudeffe,
Et de l'indécente molleffe,
Une grave & douce rougeur

Couvroit d'abord son front, siége de la pudeur,
Jamais à sa vertu je ne causai d'allarmes :
Jamais un feu honteux ne naquit de ses charmes.

Tel fut pour moi, Bergers, le comble du
bonheur.
N'approfondissez pas l'état de mon malheur :
Célimene n'est plus, ou n'est plus pour Timante;
Il ne lui reste, hélas ! de sa beauté charmante,
Que le souvenir plein d'horreur.
Envain je désertai les prés & les bocages,
De nos plaisirs trop courts théatre douloureux :
Obsédé, poursuivi de funestes images,
J'éprouve en tous les lieux le sort le plus affreux.
A Diane voüant un cœur froid & tranquille,
J'abjurai de l'amour les perfides douceurs.
Célimene, après nos malheurs,
Que mon chaste serment à garder est facile !
Bergéres, n'entreprenez pas
D'arracher de mon sein ses lugubres appas :
Il n'est rien, pardonnez à mon chagrin sincére,
Qui dans mes sens glacés rappellé la chaleur.

Prévenant, à ces mots, la réplique sévére
De la troupe qu'offense & qu'émeut sa douleur,
Il s'échappe, & du sort déplorant les outrages,
Rentre inopinément sous ses tristes ombrages.

IDYLLE V.

LA NUIT.

Nuit, qui tiens nos sens recuëillis,
Et fixes nos regards aux célestes lambris,
Quel spectacle charmant tes luminaires sombres
Nous donnent en dépit des Ombres !
L'azur, de toute part, dans le vague des Cieux,
Est peint d'un émail prétieux.
Les Perles & l'Argent se disputent la gloire
De rapeller à la mémoire,
Que ce Dome pompeux, ces superbes Flambeaux,
Si légers dans leur cours, si certains dans leur route,
Semés sur la céleste voute,
Des traits du Créateur sont les foibles pinceaux.

Quels nobles sentimens cet étalage inspire !
Mais quel repos heureux en tout ce qui respire !
Qelle douce tranquilité
Tu fais gouter à la nature !
On n'entend que le doux murmure,
Qu'excite des ruisseaux le cours précipité :
Zéphire même, non sans peine,

Charmé des chants du rossignol,
Par respect retient son haleine :.
Les funebres Oiseaux adoucissent leur vol ;
Le Loup le plus sauvage, en sortant de son antre,
    Dès que l'astre du Berger luit,
    Et le matin quand il y rentre,
    Evite de faire du bruit.
    Tout est paisible, tout m'invite
    Au plaisir noble de penser ;
Et les traits du sujet, sur lequel je médite,
Viennent dans mon cerveau d'eux-mêmes se
    tracer.

    Mais que sert à mon ame, inquiete, indocile,
    Qu'autour de moi tout soit tranquille !
De la réflexion ô triste faculté !
    Prérogative dangereuse ;
    Honorable à l'Humanité,
    Mais encore plus onéreuse.
    Moins les objets extérieurs
    Nous séparent d'avec nous-mêmes ;
    Et plus nos ennuis sont extrêmes,
    Plus constantes sont nos douleurs.

    Mais quelle puissance magique
Glisse dans tous mes sens un charme léthargique ?
Un voile impénétrable enveloppe mes yeux.
Mere du doux sommeil, Nuit, ce sont là tes jeux :
    De ton fils, au sceptre anarchique,
    C'est là l'effort officieux.
Du perfide Destin par quelles loix cruelles,

Ou par quel chimérique espoir,
Souvent séduits, nos sens rébelles
Résistent-ils à ton pouvoir ?
Hélas ! en y cédant, jouet d'un triste songe,
Mon fôl esprit est tourmenté
Par l'apparence & le mensonge,
Plusque par la réalité.
Quelquefois, je l'avoüe, une image agréable
Enchante mes sens assoupis.
Ah ! douce illusion, il ne manque à ton prix,
Que d'être fréquente & durable.

Rêve-je véritablement ?
Me trompe-je ? est-ce vous, divine Célimene ?
Mais pourquoi m'obstiner à prolonger ma peine ?
Oüi, oüi, c'est cet objet charmant :
Nul autre n'hérita d'une beauté pareille ;
C'est un chef-d'œuvre unique, & l'Etre Créateur,
A notre monde corrupteur,
N'accorda point deux fois une telle merveille.
Par quel Dieu bienfaisant, par quels heureux
combats,
Souftraite à quel tyran sauvage,
Ou de quel infernal rivage,
Nous êtes-vous renduë, avec tous vos appas ?
Je l'approche : elle est incertaine ;
Son front se couvre de rougeur ;
Elle tremble & s'enfuit, craignant pour sa pudeur.
Me connoissez-vous, Célimene ?
Jamais mes feux respectueux
Dûrent-ils altérer votre front vertueux ?

Non, ce n'est pas l'objet qui régnoit sur mon ame;
Il rendroit mieux justice à ma pudique flamme :
　　C'en est le portrait suborneur :
Un songe insulte encor à mon cruel malheur.
Adieu, plaisir : l'Aurore échauffe ma paupiére;
　　Mon œil se r'ouvre à la lumiére,
　　Et mon esprit à la douleur.

IDYLLE VI.

LE RETOUR DES MOEURS.

DU sein de ma douce retraite,
Où la fuite du monde avoit porté mes pas,
Et méprisant ses faux appas,
Ma bouche, de mon cœur trop sincére interprete,
Déploroit la licence & les folles erreurs,
Qui bannissoient la paix, ou corrompoient les
      mœurs.

Je disois, allarmé des clameurs de l'Envie :
Hélas ! chez les Humains tout conspire à tromper:
     Instruite dans l'art de dupper,
L'Imposture au ton faux, l'infame Calomnie,
     Les Haines & la Trahison,
Tour à tour sur la terre épanchent leur poison ;
     Et combien encor plus perfides
     Sont les Sirenes homicides,
     Ou la dangereuse Pitié
     De ces Beautés enchanteresses ;
     Qui sous un faux air d'amitié,
     Et par leurs cruelles caresses,

Glissent dans tous les sens un poison jusqu'au cœur,
 Du plus fier courage vainqueur.

De mes fréquens soupirs secrets dépositaires,
 Rochers hideux, Bois solitaires,
De la Férocité repaires ténébreux ;
Que du Loup ravisseur, ou du Serpent livide,
 Habitans de ces antres creux,
La dent ensanglantée, ou le venin perfide,
 Me paroissent moins dangereux !

Mais que vois-je à l'instant ! que de graces
 éclofes
 Du sein de la Divinité !
 Cieux ! quel nouvel ordre de choses
 Frappe mon œil déconcerté !
Que de sûrs pronostics des plus heureux prodiges!
Déja le Ciel a pris uu aspect plus serein.
 Du funeste Siécle d'airain,
Il ne restera plus de coupables vestiges :
 Et d'inoüis, mais saints prestiges,
 Nous ramenant le Siécle d'or,
La Vérité sans fard, la Candeur primitive,
 La Vertu longtems fugitive,
Reparoîtront sans crainte, & reprendront l'essor.

Passerau solitaire, aimable Philomele,
 Tendre & plaintive Tourterelle,
 Et vous tous, innocens oiseaux,
Sous les ombrages frais que nourrissent ces eaux,
Loüez enfin sans moi l'Auteur de la Nature :

Une plus noble Créateure,
Portrait intelligent du Dieu de l'Univers ,
Me convie à mêler mes airs
Aux sons les plus touchansqu'un saint amour épure.
Doux ruisseaux , torrens fugitifs ,
Cascades , dont les flots plaintifs
Ont été si souvent augmentés par mes larmes ;
Vous , aziles sacrés dans mes justes allarmes ,
Et témoins assidus de mes cuisans regrets ,
Sombres & paisibles Forêts ,
Reservez tous vos biens pour vos hôtes sauvages.
C'est dans ses vivantes images ,
Que je veùx désormais contempler la grandeur ,
L'immuable beauté du suprême Moteur.
Oüi , je puis enfin sans allarmes ,
Sur ces modestes fronts , ornés par la pudeur ,
Et non par de lubriques charmes ;
Je puis , ainsi qu'aux premiers tems
De la justice originelle ,
Dans ses portraits les plus touchans ,
Contempler la beauté, non changeante , immor-
telle ,
Née avant tous les tems , quoiqu'en tout tems
nouvelle.
L'amour pur , du sommet des Cieux
Pénétrant au sein de la terre ,
Bannit la Discorde & la Guerre ,
En étouffe par-tout les feux séditieux ;
Et rallumant au loin sa bienfaisante flamme ,
Ne fait de tout un peuple , & qu'un cœur, &
qu'une ame.

F I N.

N. S'IL y a de l'obscurité dans cette Idylle, & dans quelques unes des précédentes, cela provient uniquement des conjonctures dans lesquelles elles ont été faites, ou auxquelles elles font allusion, & que l'Auteur ne pouvoit faire connoître, sans manquer à la résolution qu'il avoit formée, de ne pas se faire connoître lui-même.